JN278150

自由訳
イマジン

ジョン・レノン＆オノ・ヨーコ
新井 満 訳

朝日新聞社

原作詞「イマジン」 03
自由訳「イマジン」 04
邦　訳「イマジン」全文 62
対　談 オノ・ヨーコ×新井 満 65
東と西が出会いひとつになった時、「イマジン」は生まれた
ストロベリー・フィールズの風に吹かれながら 79
「あとがき」に代える十二の断章

"John Lennon" is a trademark of Yoko Ono Lennon
© 2006 Yoko Ono Lennon
Coordinated by Produce Centre Co., Ltd. in Japan

IMAGINE
Words & Music by John Lennon
© LENONO MUSIC
Permission granted by EMI Music Publishing Japan Ltd.
Authorized for sale only in Japan

Imagine

Words by John Lennon

Imagine there's no heaven
It's easy if you try
No hell below us
Above us only sky
Imagine all the people
Living for today....

Imagine there's no countries
It isn't hard to do
Nothing to kill or die for
And no religion too
Imagine all the people
Living life in peace....

You may say I'm a dreamer
But I'm not the only one
I hope someday you'll join us
And the world will be as one

Imagine no possessions
I wonder if you can
No need for greed or hunger
A brotherhood of man
Imagine all the people
Sharing all the world....

You may say I'm a dreamer
But I'm not the only one
I hope someday you'll join us
And the world will live as one

1

イマジン
イメージすること
心の中で想い描いてみること
そして
現実の向こう側に隠れている
真実の姿を
見きわめること

さて
どこかの誰かが
戦争を始めようとして
演説するかもしれない
立ち上がろう
すばらしい天国が待っている
それを信じて
この苦しみを耐え忍ぼう
とかなんとか

でも
どうだろう
そんな天国が
本当に待っているんだろうか

そんな天国が
本当に待っているんだろうか

またほかの
どこかの誰かが
戦争を続けようとして
おどかすかもしれない
立ち止まるな前進しろ
さもないと
おそろしい地獄が待っているぞ
とかなんとか

でも
どうだろう
そんな地獄が
本当に待っているんだろうか

そんな地獄が
本当に待っているんだろうか

本当に
あるかどうかもわからない
そんな天国に
わくわくさせられたり
そんな地獄に
びくびくさせられたり
そういうことって
ばかばかしいことだとは思わないかい？

なぜなら
ぼくの人生の主人公は
誰でもないぼく自身なんだから
誰からも誘惑されないし
誰からも強迫されもしない
大切なことは
ぼくがぼく自身の心と頭で判断し
決断すること
そして今を
どう生きるかってこと

だから
イマジン
ぼくは
イメージすることにしたんだ
勇気をだして
愛の力でね
そんな天国もそんな地獄も
ありはしないんだって

そうしたら
心が自由になって
新しい世界が見え始めたんだ
最初はむずかしそうだったけど
やってみたら
意外にかんたんなんだよ

イマジン
さあ
イメージしてごらん
心の中で想い描いてみてごらん
空を
ただ空だけが
ぼくらの頭上に広がっている風景を
どこまでも青く
どこまでも美しく
どこまでも晴れあがった
あの大きな大きな空の下に
ぼくらの世界は
ある

そして
全ての人々は
過去でもなく
未来でもなく
かけがえのない今日という日を
けなげに
いっしょうけんめいに
生きているんだ

けなげに
いっしょうけんめいに
生きているんだ

2

イマジン
イメージすること
心の中で想い描いてみること
そして
現実の向こう側に隠れている
真実の姿を
見きわめること

ある宇宙飛行士が
宇宙船の窓から
地球の大地に刻まれた国境線を
さがそうとしたんだそうだ

でもね
そんなものは
どこにもなかったんだよ

そんなものは
どこにもなかったんだよ

ところが
国境線は
あるよね
人々の心の中に
たしかに引かれているよね
見えないがんじょうな壁となって
国と国を
人と人を
分断しているよね

そんな幻の壁に
心がとらわれて
けんかしたり
にくみあったり
血を流しあったり
そういうことって
ばかばかしいことだとは思わないかい？

そういうことって

ばかばかしいことだとは
思わないかい？

だから
イマジン
ぼくは
イメージすることにしたんだ
勇気をだして
愛の力でね
あらゆる国境線が消えて
ばらばらに分断されていた国々が
全てなくなった地球の姿を
そうしたら
心が自由になって
新しい世界が見え始めたんだ
最初はむずかしそうだったけど
やってみたら
意外にかんたんなんだよ

もし
国境線がなくなったとしたら
この地球は
全ての人々のふるさとになる
同じふるさとを共有する人間同士に
戦争ほど似合わないものはないよね
もう自分たちだけの利益や
自分たちだけの神さまを守るために
殺したり殺されたり
そんなばかげたことも
なくなるよね

殺したり
殺されたり

そんなばかげた
ことも
なくなるよね

イマジン
さあ
イメージしてごらん
心の中で想い描いてみてごらん
国境線なんか存在しない地球の姿を
世界中がひとつの国になって
全ての人々が
仲良く助けあい
ほほえみながら
平和に暮らしている姿を

もしかすると
君は言うかもしれない
そんなの夢さ
現実はもっときびしいんだぞ
でもね
こんなふうに考える人間は
ぼくひとりだけじゃないんだ
ほかにもたくさんいるんだよ
君も仲間になってくれないかなあ
そしてどんどん仲間がふえたなら
いつかきっと
世界は
ひとつになる

君も仲間になって
くれないかなあ

3

イマジン
イメージすること
心の中で想い描いてみること
そして
現実の向こう側に隠れている
真実の姿を
見きわめること

こんどは
所有ということについて
考えてみよう
誰かが何かを
自分のものにするってことさ
たとえば
お金や家や土地や薬や食糧や森や
山や河や海や水や空気や様々なものを
自分のものにしたがる人間は
多いよね

でも
どうだろう
君ならどう考える？

働いて得たお金で
何かを所有する
そのどこに問題があるんだい？
君はそう言うかもしれない
でもね
いったん何かを所有すると
人間てやつは
もっともっと所有したくなる
あれもこれも所有したくなる
誰よりも多く所有したくなる

この欲張り競争は
どうにも止まらなくなって
さいごは力ずくの
うばいあいだ
戦争だ
食べきれないほどたくさんの
食糧をもった人々のすぐそばで
パンもなく水もなく
飢えて死んでゆく子供たち
そういうことって
ばかばかしいことだとは思わないかい？

パンもなく水もなく
飢えて死んでゆく子供たち

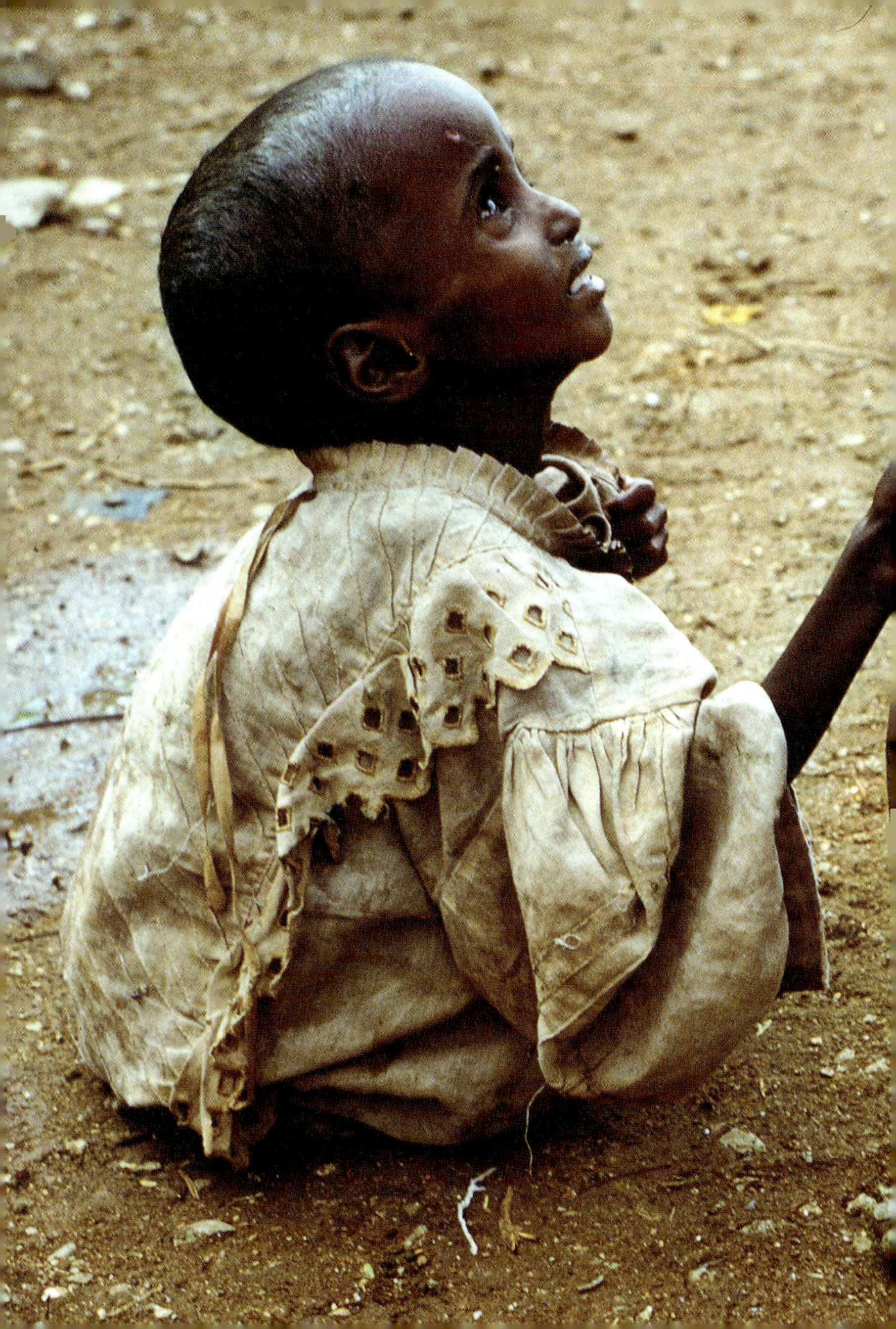

だから
イマジン
ぼくは
イメージすることにしたんだ
勇気をだして
愛の力でね
欲ばった所有なんてことがなくなって
みんなが共有している地球の姿を
そうしたら
心が自由になって
新しい世界が見え始めたんだ
最初はむずかしそうだったけど
やってみたら
意外にかんたんなんだよ

君にもできるかな
できるよね
もう欲張った所有なんか
のぞまないってこと
お金も家も土地も薬も食糧も森も
山も河も海も水も空気も様々なもの
その全てを
みんなで
わかちあうってこと

イマジン
さあ
イメージしてごらん
心の中で想い描いてみてごらん
もう誰も欲張ったりしない
もう誰もうばいあったりしない
だから
もう誰も飢えて死んだりもしない
全ての人々は
ゆずりあいわかちあい
兄弟姉妹になる
ひとつの家族になる

もしかすると
君は言うかもしれない
そんなの夢さ
現実はもっときびしいんだぞ
でもね
こんなふうに考える人間は
ぼくひとりだけじゃないんだ
ほかにもたくさんいるんだよ
君も仲間になってくれないかなあ
そしてどんどん仲間がふえたなら
いつかきっと
世界は
ひとつになる

世界は
ひとつになる

オノ・ヨーコと
トップ・アーティストが歌う
「イマジン」を聴く。
ジョン・レノン音楽祭2006
Dream Power
ジョン・レノン スーパー・ライヴ
アジア・アフリカの子どもたちに学校を贈ろう!
2006年11月4日(土)　日本武道館
開場／17:30　開演／18:30(予定)　入場券／全席指定8,500円(税込)
お問合せ／ジョン・レノン音楽祭事務局 03-5452-0222　http://www.dreampower-jp.com/
このコンサートの売上からアジア・アフリカの子どもたちの学校建設資金がチャリティされます。
チケットのご購入は
いますぐお電話で！
「自由訳 イマジン」読者優先チケット専用申込電話番号
03-5452-0223
© 2006 Yoko Ono Lennon. "John Lennon" is a trademark of Yoko Ono Lennon. Photo: ©Jack Mitchell

イマジン
さあ
イメージしてごらん
心の中で想い描いてみてごらん

世界中の人々が
仲良く助けあい
ほほえみながら
平和に暮らしている姿を

仲良く助けあい

ほほえみながら

イマジン
さあ
イメージしてごらん
心の中で想い描いてみてごらん
今はまだばらばらだけど
いつかきっと
世界は
ひとつになる

いつかきっと
世界は
ひとつになる
いつかきっと
いつかきっと

いつかきっと

イマジン

詞／ジョン・レノン

想像してごらん　天国なんてないんだと
やってみれば　かんたんだろ
下に地獄もないんだ
上にはただ空がひろがっているだけ
想像してごらん
みんないまこの時を生きているのを…

想像してごらん　国境なんてないんだと
むつかしくないだろ
殺したり死んだりする理由もないんだ
宗教もないんだ
想像してごらん
みんな平和に暮らしているのを…

僕のことを夢追い人だと思うかもしれない
でも僕ひとりじゃないんだ
君もいつの日か夢追い人になってくれ
そうすれば　世界はひとつになる

想像してごらん　財産なんてないんだと
君にできるかな
欲ばったり飢えたりする必要もないんだ
みんな兄弟なんだから
想像してごらん
みんなで世界を共有しているのを…

僕のことを夢追い人だと思うかもしれない
でも僕ひとりじゃないんだ
君もいつの日か夢追い人になってくれ
そうすれば　世界はひとつになる

対談――オノ・ヨーコ×新井満

東と西が出会い
ひとつになった時、
「イマジン」は生まれた

新井　今回は無謀にもジョン・レノンさんの名曲「イマジン」の自由訳に挑戦させていただいたわけですが、オノ・ヨーコさんから見ていかがでしたか？

オノ　「イマジン」という歌の本質をしっかり理解してくださっている方に訳していただいて、本当にありがたいと思っています。これをきっかけに、今の子供たちが新たに「イマジン」に興味を持ってくれたら嬉しいですね。この歌に込められたメッセージを多くの人に知ってもらうことは、これからの世界のためにも非常に役立つんじゃないかと思うんですよ。

新井　そうですね。「イマジン」は二十世紀に生まれた歌ですが、二十一世紀にはさらに価値が高まり、世界でも一番重要な歌のひとつになっていくと思います。

オノ　「イマジン」の歌詞は非常にソフトな言い方をしているのが特徴なんですね。例えば、「Imagine all the people living life in peace」という部分だって、「想像してごらん」って言ってるわけでしょう。「みんなが平和に暮らせる世界になるんだよ」とか「平和に暮らせる世界を作らなきゃいけない」と言ってるわけではないし、逆に「そんなことは起こらない」と言ってるわけでもないんです。

新井　男性原理で作詞するとどうしても、「平和を勝ち取ろう！」と拳を突き上げるような言い回しになるんですよ。それに対して「イマジン」は女性原理と言いますか、耳元でささやくように、優しく語りかける。そうやって「いつか平和を実現しよう」という提案ですね。

オノ　恋とか愛というものはとても人を優しくしますよね。ジョンと私が一緒になった時も、そういう〝優しさ〟がお互いの間に漂っていたんだと思います。もっとも、実際には「イマジン」は当時それほど多くの人に受け入れられたわけではないのです。そういう意味では、非常にソフトだけど反抗的な歌でもあるんですよ。

　ところが、最近になって「イマジン」の世界が少しずつ現実になってきていると思うんです。例えばヨーロッパが今、欧州連合（ＥＵ）みたいなことを考えているでしょう。いろいろな事情があって、なかなかうまくいってませんが、「最後はみんながひとつになる」ということの第一歩ではあると思うんですね。それに抵抗する保守的な力もすごく強いけれど、結局はそっちに流れていっちゃうんじゃないかと。それはすごく素敵なことだと思っています。

新井　みんながひとつになる、で思い出したんですが、ちょっと、オリンピックの話をしてもいいですか？　実は私、一九九八年に開催された長野オリンピックの開会式のシナリオを書いたんです。「平和の祈り」をテーマにして、小澤征爾さん、浅利慶太さんと三人で、音楽をどうしようか考えたんですよ。いろいろ候補は出たんですが、最終的にベートーベンの第九の「歓喜の歌」を五大陸でネットワークして、大合唱しようということに決まりました。なぜ「歓喜の歌」かというと、連帯の歌だからなんです。連帯することによって、平和なひとつの世界を実現しようという。

ただ、その時「十九世紀のベートーベンよりも二十世紀に、もっとわかりやすく平和を希求している歌があるじゃないか」という意見を出したんですよ。もちろん、「イマジン」のことです。その長野五輪から八年後、この間のトリノ五輪の開会式でようやく「イマジン」が使われました。大成功でしたねえ。

オノ　どうもありがとうございます。ただ、クラシック・ミュージックの方は『イマジン』なんて」と思うようですし、ロックの人たちでも「ちょっとシンプルすぎて」と言うアーティストもたくさんいるんですよ。作曲をする時は、何かすごく難しい曲にしてやろうとする人も多いでしょう。

でも、ジョンがこの曲を作った時は、「自分の才能を見せびらかしてやろう」

とか「人を驚かしてやろう」なんていう気持ちは全然なかったんです。本来は非常にエゴも強いし、作曲家としてもとてもプライドが高い人だったのに、愛によってフッと自分のエゴを捨てたようなところがあるんですね。私はそれが大事だと思います。

新井 トリノ五輪の時は演出もすぐれていたと思います。まず、オノさんがメッセージの朗読をしてくれたのが良かった。ピーター・ガブリエルにいきなり歌い出されてしまうと、メロディーは耳に残っても歌詞のほうは残りにくい。やっぱり、朗読があるかないかで全然違います。「イマジン」がどういう歌詞でどういうメッセージを訴えようとしている歌なのか、あのトリノ五輪で初めて知った世界中の子供たちも多かったんじゃないでしょうか。

オノ そうかもしれませんね。いろいろな人から、「泣いちゃった」とか「子供たちが喜んだ」と言ってもらえたんです。いろいろ褒められた中でも、「子供たちがすごく喜んだ」と言われたのが私は一番嬉しかったんですよ。子供たちというのは将来を担っているわけでしょう。それに大人より純粋ですよね。まだ純粋な時期に、そういうメッセージに触れることはとても大切です。

それから、ジョンが「イマジン」を作った時に「私がそばにいた」ことを私が否定しないのは、これからの世界には「女性の力」が非常に重要になってくることをわかってもらいたいという思いからなんです。そういう意味で、私が彼のそばにいたことも曲を作るうえで影響していたのではないかと思います。

新井 さいたま市にある「ジョン・レノン・ミュージアム」のプログラムの巻頭で、オノさんが十九世紀末イギリスの詩人、キップリングの詩を紹介していらっしゃるじゃないですか。あれは非常に感動的な言葉ですね。

オノ 「East is East, West is West」

新井 ええ。東は東、西は西。その二つは永久に会えないんだ、と。

オノ 世界中がその部分だけに注目したことに問題があると思うんです。

新井 大問題ですね。そのすぐ後に「しかし、たとえ地の果ての両極から来たのであっても、二人の強い人間が対面した時には、東も西もないのだ。国境も、人種も、階級も…」と素晴らしい言葉がつづくのに。

オノ 大問題。似たようなことが私なんかの場合にもあるんですよ。正直にフッと何か言っちゃうでしょう。するとマスコミは私が言った言葉を全部伝えないで、一部分だけ取り上げてセンセーショナルに伝えたりするんです。

新井 自分たちに都合のいい部分だけ伝えようとする。

オノ そうなの。キップリングは詩人だから、本人はよくわかっていたわけだけど、それでも世界中がそこだけに注目したというのは、多くの人が持っている偏見がどれだけ根強いかの表れですよ。

新井 そうですね。あのキップリングの詩は全部読まないと…。一般の人々にはかなり誤解されていますね。

オノ 私は、ジョンと一緒になる前にコベントリーという教会の庭で開催されるアート・フェスティバルに招待されたのです。イギリスのすごく有名なアーティストがみんなそろっていましたから、そこに招かれたことはすごく嬉しかったんです。それで、ジョンと一緒になった後、私は、「あなたも参加して」と、ジョンをコベントリーに連れて行きました。

二人でコベントリーの庭に二つのドングリをひとつは西に、またひとつは東にと一緒に並べて植えたのです。「East is East, West is West, never... 」と言うけれど、私たちは物理的に「イースト」と「ウエスト」を一緒にしちゃったねって。

新井 別々に生きてきた二つのものが出会い、融合し、再生したわけですね。

オノ そうそう。バラバラだったドングリが別なものになって、〝次元が変わっちゃった〟んですね。それで、ジョンはものすごく喜んじゃった。

昨年（二〇〇五年）がジョンのビッグ・アニバーサリー（没後二十五年）だったでしょう。コベントリーの教会から、樫の木を二本植えますから来てくださいと言われたのです。私はキリスト教の司祭だけでなく、仏教やイスラム教の僧侶も招待してくださるなら行きますと返事をしました。それで行ってみたら、いろいろな宗教の司祭や僧侶が並んでいました。

樫の木を植えた後、キリスト教の司祭が何か祈ってくれるだろうと思っていたら、皆だまって立っているだけなのです。それで、私は仕方なく皆に代わって祈りを唱えました。終わってから皆でお茶を飲んでいる時に、私はキリスト教の司祭に「どうして何もお祈りをしてくれなかったの」と尋ねましたら、司祭は、「私がお祈りしたら、仏教やイスラム教やその他の宗教の方々に失礼になると思い、遠慮させていただきました」と答え、そして「特定の宗教に関わっていないあなたが、お祈りを唱えてくださったのがとても良かったです」と付け加えました。それだけ、ほかの宗教の方々に思いやりを持ってくれているのかと、私は本当に感心しました。キリスト教の司祭は、どんな時にもさっそくお祈りするのに――。

新井　異文化との出会いということを考えますと、明治以来、日本が近代化していく中で「東と西の出会い」がたくさんありましたね。例えば夏目漱石はロンドンに行って、ノイローゼになりました。森鷗外はドイツで恋に落ちたけど、無理やり引き裂かれてしまった。永井荷風はフランスに行き、横浜正金銀行のリヨン支店で働いたりしましたが、帰国すると江戸趣味に耽溺してしまう。それから藤田嗣治、画家のレオナール藤田…。

オノ　藤田嗣治は面白いですね。彼の絵が好きな欧米人は多いですよ。

新井　彼は戦争画問題で日本画壇から排斥されてしまったんですね。フランスに帰化して絵を描きつづけましたが、晩年はずいぶん孤独でした。つまり、東に位置する日本文化と西に位置する西欧文化とは、ずっと水と油だったんですよ。本当の意味で東と西が融合して何かが生まれたというのは、レノンさんとオノさんが初めてなんじゃないかな。その結果生まれた奇蹟のような文化的産物が、例えば「イマジン」だったと私は思うんです。

オノ　周りはいろいろ言いましたけど、「一緒になること」に関しては二人とも全然苦労しなかったんですよ。スッとこう、自然になっちゃったんですね。二人ともキャラクターが強かったから、あまり周りの声に影響されなかったのだと思います。

新井　夏目漱石や森鷗外と違って、オノさんが女性だったことも大きいのかもしれませんね。ぶつかるのではなく、柔軟な女性原理の「イースト」が、強力で男性原理の「ウエスト」を包容してしまう。

オノ　もともと、日本という国はそういうことがよくわかっているんじゃないかと思うんです。例えば柔道ね。力ずくで相手を倒すのではなく、相手の力を上手に利用して倒すでしょう。私はわりと受け身の人間なのです。

新井　日本の文化の中ではもうひとつ、孔子原理と老子原理というのもあります。昼間は『論語』の孔子で、ネクタイ締めて出世や仕事のことばっかり考える。アフター・ファイブになると、老子なんですよ。もっとフリーになるんです。

オノ　老子といえば、ジョンと老子の話をしたことがありますよ。ジョンは老子に似たタイプだと思うんです。「あなたはそういう人ね」って言うと、とても喜んでました。

新井　へえ。ジョン・レノンさんが老子のように感じられたというのは面白いな。

オノ　何かこう、フラッとしてるのよ（笑）。

新井　フラフラッですか？

オノ　そうじゃないの。さりげなくフラッと現れて、いつのまにかまたフラッといなくなるの。

新井　なんだか風みたいな人ですね（笑）。

オノ　そう。ジョンは、風ね。

新井　ご存じの通り、老子で一番有名なイディオムは「大器晩成」ですよね？

オノ　そうでしょうね。

新井　大器晩成というと、「晩年になって完成する」という意味だとみんな思っているじゃないですか。ところが、この間、老子を読み直してみたら全然違うんですよ。

オノ　と言うと？

新井　「完成するような器は真の大器ではない」という意味だったんです。つまり、本当に才能がある人間は最後まで完成なんかしない。永遠に未完成なんだと。

オノ　それ、すごく嬉しいわ！　というのは、私の最初のLPは「アンフィニッシュト・ミュージック・ナンバーワン」、つまり「未完成曲第一番」。それから、インディカ画廊でジョンが来た時にやっていた個展は「アンフィニッシュト・ペインティングス・アンド・オブジェクト」というの。

新井　なるほど、これは驚いたなあ（笑）。たしかに未完成、ですね。

オノ　未完成であることが非常に重要なんですよ。未完成ということは、あらゆる可能性があるということ。だから、私のアートはみんな未完成なんです。当時は「未完成のものを見せるなんて失礼じゃないか」なんて言う人も多かったですけどね。

新井　未完成だからこそ見る人も参加できるし、予測できない広がりが出てくるような気がしますね。

オノ　窓を空に向かって、宇宙に向かって開けてあるということは非常に大事だと思うんですね。窓が閉まっている家じゃなくて。

新井　オノさんのアートワークの中に、棺桶の中から樹木が生えている作品があるじゃないですか。あの作品を見るたびに〝再生〟ということを感じます。再生、つまり生まれ変わる。それは「イマジン」の世界にも通じることだと思うんですが。

オノ　そうですね。私は「ヒール」、〝癒し〟ということを非常に重視してるんです。もうひとつ私のアートワークの特徴を挙げるなら、アートワークと私の人生に全然隔たりがないことですね。有名な仏教の法師で、足を洗った器をきれいに洗って、同じ器でお米を研ぐ人がいたでしょう？　私はアートというのは本来そういうものだと思うんです。

新井　良寛さんのことですね。

オノ　そうそう、良寛。その発想がすごいと思うの。私がアートをやる時も、「こうでなければいけない」なんて一度も考えたことがないんですよ。一番シンプルなやり方で、できることが一番大事。アトリエやキャンバスなんてなくとも絵は描けるんです。

新井　良寛さんは新潟生まれの禅僧です。実は私も同郷なんですよ。彼は〝癒し〟の人でもありました。江戸後期のお坊さんですけど、良寛さんが住んでいた五合庵の近くに三条という大きな町があったんです。そしてある時、江戸の瓦版で「三条消失」なんて書かれたくらいの大地震が起きたんですよ。良寛さんの知人や友人もたくさん死んだ。ある家にお見舞いに行ったら、子供を亡くした母親が泣き叫んでいるんですね。その時、良寛さんは何をしたか。何もしなかった。つまり、水を運んだり、ご飯を持ってきたりという役に立つことは何もしなかった。で、良寛さんは地べたに座り込み、ただ彼女の手を取ってともに泣いたというんです。

オノ　すごくいい話ですね。ジョンはよく「禅」にまつわるエピソードを聞きたがったんですよ。ある日、「白隠はどこがいいの？」と聞かれたんです。「西洋の画家は一度描いた絵にどんどん手を加えて、完璧な絵を作ろうとするでしょう。でも、白隠は一度描いた線は二度となぞらないの」と答えました。後から「ここが間違ってるから直そう」というのは、一番精神的に良くないことなんだと。

　ジョンはその話がすごく気に入って、それ以来パッパパッパと絵を描くようになりました。すると、それまで描いていた絵と全然感じが違って。ずっと良くなったんですね。「人生でもなぞらない。変に振り返らず、そのまま行っちゃうことがすごく大事だね」と言ってました。結局、彼はそういう人なんですよ。フラッとしてる（笑）。

新井　レノンさんのことを考えると、古代ギリシャのある哲学者が言った言葉を思い出します。人間には、三種類ある。一番目は「死んでいる人」。二番目、死んではいないが、「ただ生きているだけの人」。厳しい言い方ですよね。で、レノンさんは三番目の人だと思うんですが、「海に向かって旅立つ人」というんです。

オノ　とても素敵ね！

新井　それは夢とか希望とか志とか理想を求めて生きるという意味なんだと思いますが、地理的に見ると古代ギリシャ人にとって「海の向こう」というのは東洋なんですよ。つまり、レノンさんも夢と理想を求めて海の向こうに旅立ち、オノさんと出会ったんだなあと…。

オノ　そういえば、彼も言ってましたよ。「ヘルプ！」を書いたころから、「インドか中国か日本かわからないけど、いつかアジアの女の人が現れて自分を救ってくれるんじゃないかと思っていた」って。

新井　じゃあ、ドンピシャリだ。その通りになったわけですね。

オノ　おかしいわね、とっても。

（二〇〇六年五月八日　ニューヨーク、ダコタ・ハウスにて）

「あとがき」に代える十二の断章

ストロベリー・フィールズの風に吹かれながら

1

〈誕生日とは、何だろう…〉

自分の誕生日について初めて真剣に考えたのは、高校一年生の夏のことであった。無論、それは赤ん坊が母親の胎内から生まれ出てくる日のことである。私たちの人生は、まさにこの日から始まるのだ。

〈しかし、待てよ…〉

私は首をかしげて考えた。この日から始まるのはあくまでも〝人生〟であって、〝いのち〟ではない。いのちは人生が始まるはるか以前から、既に始まっている。誕生日からさかのぼること約十ヵ月。父の精子と母の卵子が奇跡のように遭遇し合体したその日こそ、私のいのちは本当の意味で誕生したのだ。

〈では私の〝いのちの誕生日〟とは、いつだったのか…〉

母にたずねてみよう、と私は思った。母ならそういう疑問に誰よりも正確に答えてくれるにちがいない…。私の母は、助産婦だったのである。すぐに母の部屋へ行った。母は不在であった。仕方なく母の本棚の前に立った。医学書のたぐいがたくさん並んでいた。その中から適当な一冊を引っぱり出して、おもむろに表紙を開いた。

2

医学書にはこう書いてあった。

「最終月経第一日から数えて第二百八十日目を分娩（出産）予定日とします」

これではまだよくわからない。問題は、排卵にあるのだ。排卵されていなければ、精子を受精することができない。排卵日は、どう特定するのだろう…。

「排卵は、平均的な日本人女性（月経周期が二十八日）の場合、ちょうど中間日（十四日目）とされています」

なるほど、そういうことか…。今仮に、最終月経第一日から数えて十四日目に排卵があり、その日に性交が行われたとするならば、二百八十日から十四日をマイナスした日数である二百六十六日後に分娩という計算になる。早い話、子供の誕生日から二百六十六日を逆算すれば、父親と母親のその日が判明するというわけである。

私は昭和二十一（一九四六）年五月七日に生まれた。しかし「あんたは予定日より一日早く生まれたよ…」という母の言葉をデータとして加味するならば、私の正しい出産予定日は、

「昭和二十一年五月八日」

ということになる。私は冗談半分に計算を始めた。その日がわかったところで何の意味があるわけではないが、夏休みでひどく退屈していたので少し遊んでやれと思ったのだ。

やがて計算が終わった。仰天した。こんな日付が出てきたからである。

「昭和二十年八月十五日」

3

〈嘘だろう…？〉

最初はそう思ったが、何度計算し直しても答は同じだった。私が生まれ育った日本という国にとってそれは、ちょっと忘れられない歴史的な日付である。私はぼんやりした頭で、その日のことを想像してみた。

〈どんな一日だったのか…〉

八月十五日といえば夏の真盛りである。よく晴れた青空に、ジリジリと太陽は照りつけていただろう。町の広場に集合させられた住民たち。その中に父と母もいたのだ。二人は神妙な表情でその時を待つ。流れる汗。やがて正午。雑音まじりのラジオ放送に、二人は必死で耳をかたむけたにちがいない。

〈どうやら戦争に、負けたということらしい〉

二人はそれからどうしたのか。わかるはずもないのだが、一つだけはっきりしていることがある。その日の夜、私といういのちの素が生まれたということ。戦争に負けたことは悔しい。暮らしもひどい。だが二人は、少なくとも死にはしなかったのだ。父は母の耳元でささやいたのだろうか。

「とうとう、戦争が終わったね」

「終わりましたね…」

「これからは、平和の時代が来るね」

「来るかしら。来るといいけど…」

そうして二人は抱擁したのであろう。昭和二十年八月十五日、戦争が終わった日の夜、私のいのちは誕生した。もし戦争がつづいていたなら、私という存在はない。私を産んだのは父と母だが、二人が愛しあったのは平和が来たからである。

平和が、私を産んだのだ。

4

戦争の原因とは、何だろう。それは精神の不寛容だと思う。不寛容は、新たな不寛容を生む。

結果、戦争は、新たな戦争を生みつづけることになる。

二つの大戦を経験した世界中の人々は、骨の髄から反省したはずであった。

「戦争は、もうこりごりだ！」

「これからは、平和な世界を作ろう！」

ところが、そうはならなかった。朝鮮半島で、アフリカと中南米で、インドとパキスタンで、北アイルランドで、イスラエルとパレスチナで、アフガニスタンで、イラクで…、戦争のない日は一日とてなかったと言ってよい。そして戦争が起こるたびに犠牲になったのは、兵士たちばかりではない。赤ん坊や子供たちなど、平和であれば死ななくてもよい無数のいのちが意味もなく失われていった。

一九六四年八月、アメリカはベトナムに対して軍事介入し、翌六五年二月には北ベトナムに対する爆撃を開始した。もちろんこの暴挙を世界が黙って見ていたわけではない。一九六七年になると世界各地で毎日のように反戦集会が開かれるようになり、とりわけ一九六九年十一月ワシントンDCで開かれた反戦集会には、三十万人以上の人々が集まり、「平和を我等に」を何度となく大合唱したのだった。

しかしアメリカは軍事介入を日増しにエスカレートさせ、一九七〇年五月にはカンボジアに侵攻し、戦線はインドシナ半島全域に拡大し泥沼と化した。アメリカのこの不正義な戦争に抗議する反戦運動が世界中で盛り上がる中、登場したのはジョン・レノンが歌う「イマジン」であった。

5

アルバム「イマジン」がアメリカで発売されたのは一九七一年九月、イギリスでは十月である。やがて日本でも発売されることになった。ＬＰ盤の「イマジン」をレコード店で買い求めた日のことを、今でもよく覚えている。当時二十五歳の私は、会社から帰宅すると、すぐにＬＰ盤をかけた。ジョンの歌声はか細くて、今にも消え入りそうに思われた。

〈泣きながら歌っているのか…？〉

最初はそう思った。何度も聴くうちに、

〈いや、何か必死に祈っているのだ…〉

と、思い直した。ジャケット写真は一面の空で、白い雲が一つ浮かんでいた。それともう一つ、ジョンの顔が巨大な蜃気楼のように浮かんでいた。悲しい眼だった。これほど悲しげな眼を見るのは、生まれて初めてのような気がした。私の肩越しにジャケットを覗き見ていた妻が、呟くように言った。

「この写真、なんだか遺影みたいね…」

6

妻がもらした不吉な言葉がまさか現実のものになろうとは、いったい誰が予想しただろう。九年後、ジョン・レノンは急死した。一九八〇年十二月八日午後十時五十分、ニューヨークはセントラル・パーク西に建つ自宅ダコタ・ハウス前の路上で凶弾に倒れたのだ。まだ四十歳になったばかりだった。

訃報を知ったその日のことも、よく覚えている。驚きと怒りと悲しみで、私の胸は張り裂けそうであった。帰宅するとステレオのターンテーブルにＬＰ盤をセットした。妻と共に「イマジン」を聴き始めた。何度も何度も聴き返した。一晩中聴きつづけ、とうとう朝を迎えたのだった。

7

ジョン・レノンは死んだ。しかし、彼が作った歌まで死んだわけではなかった。それどころか、ますます存在感を増していった。とりわけ「イマジン」は、八〇年代、九〇年代と年を重ねるごとに重要度を増し、反戦平和を訴える人々にとって不可欠な歌になっていった。

一九九八年二月に行われた長野冬季オリンピック大会をご記憶であろうか。この時の総合プロデューサーは浅利慶太氏、音楽プロデューサーは小澤征爾氏、そしてイメージ・プロデューサーは私がつとめた。イメージ・プロデューサーとは耳なれない名称だが、大会の基本テーマ〝愛と参加の長野五輪〟を考えたり、式典のシナリオを考えたりしたのである。

さて私たちプロデューサーは、本番の二年ほど前から開会式のコンセプトとそれにふさわしい音楽を模索していた。熟考の末、コンセプトは〝平和への祈り〟に決まった。ではそれにふさわしい音楽とは何だろう。

無数にある楽曲の中から、ベートーベンの「歓喜の歌」が最有力候補として残った。しかし、私の耳の奥でたえず流れていたのは「イマジン」の旋律だったのだ。もしこの歌が長野のステージで歌われるならば、どんなに素敵だろう。この歌こそ、平和を希求するオリンピックの開会式にぴったりではないか…、そう思ったのだ。

8

何十回何百回となく「イマジン」を聴き直し、この歌に込められた平和の思想と哲学を分析してみた。

まず歌詞一番、天国や地獄がない状態を想像するとは、つまり宗教を否定しているのかとい

えば、そうではない。為政者たち、とりわけ支配者や独裁者たちは、よく方便として飴として
の天国やムチとしての地獄を使うものである。そうして国民たちを自分の意のままに操ろうと
する。為政者たちのそんなマジックにだまされてはいけないよ、とジョン・レノンは警告を発
しているのだ。どんな人間も、強制されて奴隷のように生きる義務はない。宇宙と大自然の摂
理から逸脱しない限り、自分の判断で自分らしく生きる権利こそがある。だから、個人の自由
と尊厳を踏みにじる戦争など、もってのほかというわけである。

自主独立した個人が自由に生きられる世界とは、なんて素敵だろう！　歌詞一番の意味を私
はそのように理解した。以下同様である。

歌詞二番、国境がなくなり世界がひとつになったなら、なんて素敵だろう！

歌詞三番、世界中の人々が欲張らず、ひとつの家族のようにわかちあって暮らせたならば、
なんて素敵だろう！

さらにジョン・レノンは「君も仲間になってくれないかなあ」と連帯を呼びかけている。み
んなつながっているのだ。ひとりひとりの力はささやかだが、せせらぎはいつか大河となって
世界中に伝播してゆく。だから、

「戦争は終わる。君が望むならば」

なのである。あきらめてはいけない。君が望みつづける限り、願いはきっとかなう。いつか
きっと世界は変わるよ…。ジョンの提案を整理すると、次のようになる。①自主独立した自由

な個人が連帯しながら、②国境をなくし戦争をなくし、③財産を共有することによって、平和な世界を作ろう！

そのための第一歩がイマジン、即ち〝想像〟なのだ。つまり平和を想像することが、平和を実現する第一歩になるというわけである。

9

ある日のことである。いつものように「イマジン」を聴いていたら、ふとこの歌を自分なりに翻訳してみようか、と思いたった。直訳ではなく、意訳である。その際、自分自身に二つの条件を課すことにした。①原作詞のコンセプトは絶対厳守すること。②できる限りわかりやすい日本語で表現すること。

原作の英語詞を直訳すると、二十六行ほどになる。それを文字通りイマジネーションの翼を大きくはばたかせながら意訳したら、二百七十行をこえる日本語詩になった。それが、本書に収めた『自由訳 イマジン』の原形である。

できたての自由訳を持って会議に臨んだが、他のプロデューサーたちを説得することはできなかった。長野冬季オリンピック開会式の音楽は、結局、ベートーベンの「歓喜の歌」に決まったのである。

『自由訳 イマジン』の原稿は、その後どうなったか。書庫の奥にあるファイルに収められ、それっきり忘れられてしまった。

10

八年の歳月が流れた。

二〇〇六年二月、トリノ冬季オリンピック開会式のテレビ中継を見ていたら、突然、オノ・ヨーコさんが登場した。そして概略、次のようなメッセージを朗読した。

「平和を想像してみて下さい。もし十億人の人々が平和について考えたなら、世界はきっと平和になるでしょう。私たちひとりひとりには不思議なパワーがあるのです。ドミノ効果をイメージして下さい。平和を希求する人々の思いは瞬時に世界中を循環し、新しい世界を作ります。今こそ行動の時です。平和を広げましょう。私の夫でありパートナーであったジョン・レノンが言ったように、全ての人々が平和に暮らしている姿を想像してみて下さい…。イマジン！」

11

オノさんの朗読が終わると、歌手のピーター・ガブリエルが静かに「イマジン」を歌い始めた。

なぜ、オノ・ヨーコさんが登場したのか。それにはオノさんがジョン・レノン夫人であるという以上に、もっと深い理由があったのだ。

一九六四年、オノさんは作品集『グレープフルーツ』を発表した。各詩篇には「飛びなさい」「水をやりなさい」「笑いつづけなさい」といった指示語が登場する。例えば、「想像してみなさい。千個もの太陽がいっぺんに輝いているところを…」（筆者訳）

読者は指示にしたがって笑ったり想像したりするかもしれないし、無視するかもしれない。あるいは反発して違う行動を起こすかもしれない。作為、不作為を問わず、そこには必ず読者の参加が生まれる。アーティストの指示と読者の参加、その全体がひとつのアート作品なのだという発想である。

ジョン・レノンは同書の発想にいたく感動し、創作の上でも大きな影響を受けながら「イマジン」を作詞したのだという。彼は死の二日前、インタビューにこたえてこんな言葉を残している。

「あの歌は実際にはレノン／オノの作とすべきでさ、多くの部分が——歌詞もコンセプトも——ヨーコの方から出ているんだけど、あの頃のぼくはまだちょっと身勝手で、男性上位で、彼女に負っているという点をオミットしちまったんだな。でも本当にあれは彼女の『グレープフルーツ』という本から出ているんで、あれを想像せよ、これを想像せよというのは全部彼女の作であることをここにまことに遅ればせながら公表します。」（『ジョン・レノン　ラスト・

インタビュー』ジョン・レノン／オノ・ヨーコ著、聞き手・アンディー・ピーブルズ、訳・池澤夏樹、中央公論新社）

トリノ冬季オリンピック開会式に登場したオノさんの姿を見て、私はどれだけ感動し、そして驚いたことだろう。八年前に夢想したシナリオとほぼ同じ演出だったからである。私はすっかり忘れていた『自由訳　イマジン』のことを思い出し、決心した。

〈そうだ、オノさんに会いに行こう〉

三ヵ月後、私は自由訳の原稿ひとつだけを持って、ニューヨークに飛び立った。

12

ニューヨークのダコタ・ハウスで、オノ・ヨーコさんと対談した。対談は三十分たっても終わらず、一時間たっても一時間半たっても終わらなかった。話がはずんだのである。初対面のオノさんと、これほど楽しく対談できるとは思わなかった。ありがたいことである。

ダコタ・ハウスを辞去してから、セントラル・パークに向かった。パークの一角にはジョン・レノンを追悼するメモリアル・ゾーン〝ストロベリー・フィールズ〟が作られていて、その中心となる広場の地面に〝イマジン碑〟が埋められている。

円形のイマジン碑には、たくさんの花々が捧げられていた。それを遠くから見守り囲むように、ベンチが置かれている。そのひとつに腰をおろすと、私は周囲を見回してみた。

乳母車の赤ん坊を連れた若い母親がいる。恋人たちがいる。小さな子供たちが三人、広場を走り回っている。それを制止する両親がいる。ステッキをついた老人もいる。年齢も様々、肌の色も様々な人々が、五月の陽光をあびてくつろいでいる。

人々のおだやかな表情を眺めているうちに、〝いのち〟という言葉が思い浮かんできた。

〈なぜ、戦争をしてはいけないのか？〉

私は心の中で自問し、自答した。

〈いのちの敵だから。戦争は、いのちのバトンリレーを断ち切る敵だから……〉

さらに自問し、自答した。

〈なぜ、平和でなければいけないのか？〉

〈いのちの味方だから。平和は、いのちのバトンリレーを応援してくれる味方だから……〉

まぶたを閉じて、私は祈った。

〈どうか、平和でありますように〉

そして世界中の人々が、喧嘩せず、互いに愛し、尊敬しあい、いのちを輝かせながら幸せに生きることができますように…。

まぶたをあけると、道の向こうから近づいてくる少女たちの姿が見えた。歳格好は中学生くらいか。十人ほどの少女たちがイマジン碑の前に立ち、「イマジン」を歌い始めた。決して上手ではなかったが、そのいっしょうけんめいさには好感が持てた。少女たちが歌い終えると、ベンチの観客席から拍手が起きた。私も手をたたいた。

その瞬間である。ふと風が立った。

風はダコタ・ハウスの方角から吹いてくる。私は先刻の対談でオノさんが呟いた言葉を思い出していた。

「そう。ジョンは、風ね」

私は立ち上がり、頭上に広がる青空を見上げ、見えない風に向かって言った。

〈この風は、ジョン。きっとあなたなんですね…〉

また一陣、気持の良い風が吹いてきた。風は樹々の葉先をふるわせ、少女たちの髪をゆらしながら、静かに吹き過ぎてゆく。

二〇〇六年初夏

新井　満

p08-09 © Kennan Ward/CORBIS
p12-13 © Gavriel Jecan/CORBIS
p20-21© SHIGEYUKI UENISHI/A.collection/amana
p26-27 © CROSS WAVE/A.collection/amana
p30-31 © Henri Bureau/Sygma/CORBIS
p34-35 © Hans Peter Merten/zefa/CORBIS
p38-39 © YOSHIHIRO TAKADA/A.collection/amana
p46-47 © Andrew Holbrooke/CORBIS
p52-53 © Richard T. Nowitz/CORBIS
p56-57 © Ariel Skelley/CORBIS
p60-61 © Royalty-Free/CORBIS

自由訳《じゆうやく》 イマジン

2006年 8月30日 第1刷発行

著者
新井 満

協力
浜田哲生
(株式会社プロデュース・センター)

装丁
坂川栄治+田中久子
(坂川事務所)

発行者
花井正和

発行所
朝日新聞社
編集・書籍編集部
販売・出版販売部
〒104-8011 東京都中央区築地5-3-2
電話 03-3545-0131(代表)
振替 00190-0-155414

印刷所
大日本印刷株式会社

JASRAC 出0607851-601
©Mann Arai 2006 Printed in Japan
ISBN4-02-250206-1
定価はカバーに表示してあります

新井満の写真詩集

「空《くう》の意味が、よくわからないのですが…」

「よろしい。ではもっとわかりやすく説いてあげよう」

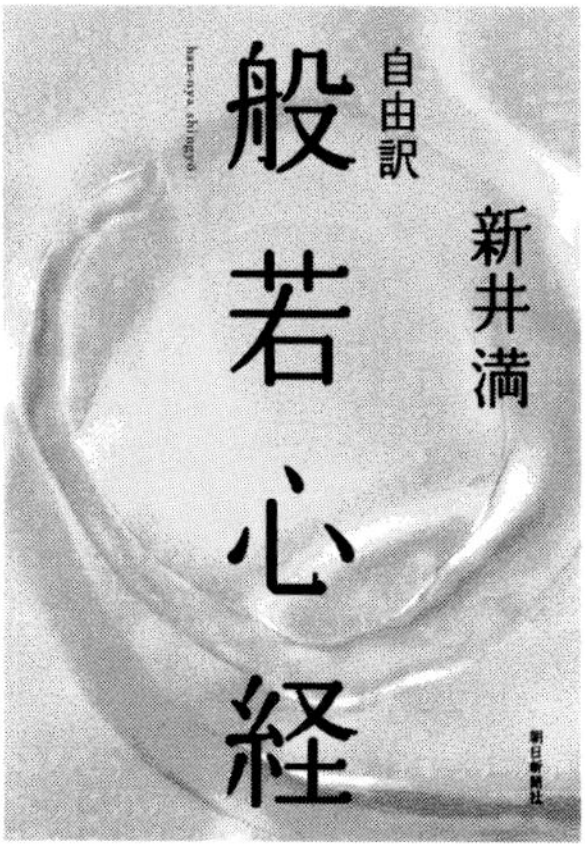

新井満さんの詩情で訳した般若心経は
お経になじみのない人々の心にも
すんなり感動的に入ってくれるでしょう。
——————瀬戸内寂聴

自由訳 般若心経
定価:本体1000円(税別)
4-02-250078-6